외진 마음이 격렬하게 기운 곳도
저쪽이었다

김명희 시집

사유악부 시인선 07

외진 마음이 격렬하게 기운 곳도 저쪽이었다

김명희 시집

사유악부

시인의 말

오라고 하지 않아도
기다리는 이 없어도
가고 또 갑니다

아직 못 찾았지만 없다고 할 수 없지요

시 – 「그것」 중에서

차례

$\frac{1}{부}$ 그녀는 지금 그녀를 지나가는 중이다

2부 3월이었고 기차가 멈추었다

3부 덩치가 산만 해도 피멍이 든다는 걸

4부 꽃이려니 꽃의 일이려니

$\frac{1}{부}$

그녀는 지금 그녀를
지나가는 중이다

쪽

어차피 쪽 난 인생 마지막 남은 쪽 골짝 황무지에 묻었다
콘크리트 바닥보다 낫겠지 그래도 흙이니까 초승달 품어도 달
덩이 구근이 되지 않았다 너그러운 건 하늘이지 땅의 일은 어
긋나기 일쑤 독설과 풍작 사이 길을 내었다 불안을 껴입고 이
쪽도 저쪽도 아닌 낮과 밤 새파란 이랑을 덮었다 일찍 다섯 쪽
모두 잃고 언 땅에 뿌리박은 그녀, 몇 해만의 풍작인가 아직
덜 마른 구근 축축하게 흙을 물고 있다 뱉어야 할 것을 뱉지
못한 쪽과 쪽 사이 바람길 튼다 엄지로 내리찍으며 아귀에 힘
을 준다 칼보다 손이 유용한 수렵의 유전 온몸에 모아 캄캄한
응집의 세계 풀어헤친다 한겨울 빙판처럼 단단한 구근 모진
독기가 쩍 갈라진다 두텁게 앙다문 입술 사이 틈이 생기고 퍼
즐 조각을 맞춘다 뾰족한 그녀 서사도 본질은 둥긂이라 애써
모른 척하며 쪽을 센다

딱새 *

새가 사는 곳이니 숲이겠지요
물나라 나무가 온통 흔들려 파도가 저리 심한 걸까요
산호에 부리 비비는 새를 생각하다
물에 물들지 않는 심장을 가졌을 거로 생각하다
아주 잠깐 동화 나라 용궁에서 꽃잠을 잤어요
골목마다 봄을 배달하느라 발이 스무 개라도 모자라는 새는
깃털이 단단하게 굳었다지요
물같이 부드러운 사람도 갑옷 없이 나설 수 있는
그런 세상 없나요
마음의 발이 많아 어디로 튈지 몰라요
그때는 그랬으니까요 당신도 나도
벽이 너무 많은 집에서 살았으니까요
뜨겁게 끓는 눈물 감춘 채 발걸음 세며
없는 시간 속으로 들어간 시간들
물속인 듯 아닌 듯
갑각의 손발이 키워온 것들
족적이라 하기엔 미온이라
수평의 배경에서 나를 찾아 나섰지요

후생에 꽃이 되고 싶은 문장 발화할 때까지
딱새가 사는 물 숲에 그 문장을 숨겨놓을 때까지

* 갑각류

장춘사 *

때 이른 모란꽃이 산신각을 돌아 대웅전 뒤란에서 모란 모란 모란
자줏빛 연두, 연두 자줏빛 골짝 모란을 벗고 대웅전에 듭니다

들꽃 공양이 시들한 푸새 같아 두리번거립니다 내가 놓일 자리를
제 자리 찾는 것이 일생의 업이었지요

두 손으로 생각을 받들면 허공에도 손금이 생깁니다 새의 길 같은
그 먼 비탈 봄볕이 깃털처럼 날립니다

무릉에서 헤매는 것이 꽃잎만이 아니라고

정갈한 걸음걸이로 오층 석탑 묵언을 헤아립니다
경을 외는 나뭇잎 요사채 건너가는 풍경소리
절집의 천 년도

붓다의 무릎 아래 어린 것 아니던가요

봄날이 어르고 어르는 것들 세상 밖 길이 되는

*함안군 칠북면 무릉산 소재

사리

서른아홉에 죽은 왕비 몸따즈도
계집아이이거나 처녀였겠지요
아이 열넷을 낳기 전까지는 말입니다
달거리를 감추기 위해
노랑이나 분홍 사리를 태양 아래 휘감고 여인으로 들었겠
지요
사리 사리 바람의 몸이 들판에서 흔들립니다
골목으로 꼬리 바람이 사라집니다
좌판에 쌓인 염료를 몽땅 뿌린 유채밭 지나
아이를 안고 소똥을 말리기도 합니다
겨울 저녁 여인들의 눈매 멀리 더 멀리
사막에서 낙타가 돌아옵니다
왕의 땅 여자들이
타지마할로 향해 황홀한 한숨을 내뱉겠지요
흔들리며 부대끼는 생도 한때는 고혹적이었다고
사리로 몸을 감싸며 어린 소녀가 되기도 하겠지요
그사이 짜이가 식어갑니다
깊은 향과 따뜻한 눈빛과 달콤한 입가로

가장 낮은 맨발의 언술이 뜨거워집니다
사리 아래 손금 같은 여인들이
또 하루를 건너갑니다

저쪽

컴컴한 나의 세계로 누군가 쳐들어왔다

지난밤 먹었던 슬픔과 라면과 강물처럼 흘러간 맥주
숨기고 싶은 것들로 가득 찬

그때 나는 저쪽에 있었다

주사 한 방에 온몸을 맡긴 채
물 없는 물속에서 금붕어처럼 마우스로 숨을 쉬었다

침입자는 몸의 미궁을 샅샅이 훑어 나갔다
부패한 욕 찌꺼기 치울 사이도 없이
나의 존재는 없는 공간으로 미끄러졌다

생이 잠깐 유폐된 저쪽
신이 깜빡깜빡 수신호를 보냈을까

어지러운 정적이 지옥의 통로 같아

통증 없는 눈을 떴다

무슨 결심인지 미소인지
침입자의 표정을 해독할 수 없을 때

외진 마음이 격렬하게 기운 곳도

저쪽이었다

이주

귀 없는 소리 머리 없는 몸통 입 없는 키스
심장에 놓아기를까

동녘 바람이 일으키는 소용돌이 속으로
네가 꽃처럼 무너지듯 사라진 뒤

서투른 나의 언어와 슬픔이 충돌하는 동안
창밖에는 구름이 하얗게 타올랐다

외투를 벗고 새 옷을 사러 가야지
새것들이 즐비한 거리에서 만나는 사람은
모두 새 사람 새처럼 깃털이 달려 어디든 날아가는

새것에서는 날것 냄새가 난다

날것 냄새에 배제된 모든 것들에
마지막 눈빛을 심어놓고
묵은 책장이 삐딱한 집을 빠져나와

새집을 찾아가는 길

오늘 처음 목격된 꽃분을 내 안에 들이고
번지수에 마음의 각도를 맞추니

나에게 한 발짝 더 가까워졌다

풍선

남자는 역 광장 모퉁이에서 풍선을 불었다
숨 닿는 데까지 벗어놓은 양말로
빨강 노랑 침 묻혀가며
둥둥 떠다니는 흙발 허공
무너지는 건 고린내 구름뿐
풍선에서 파랑새가 나올 거라고
믿었던 아이들 모두 어른이 됐다
어른들은 버려야 할 것을 곧잘 잊었다
주머니에서 꼬깃꼬깃한 옛날 끄집어내기
붕어빵 두 마리 천 원에 걸었다
열한 시 정각 도착한 무궁화호
바람 빠진 풍선 얼굴 한 무리 쏟았다
광장 중앙 시비詩碑를 덮친 페인트 자국 지린 오줌 같아
앞섶 매만지다 피식 웃는 왕골 주름
햇살이 반쯤 접혔다
관광 안내소 옆 소나무와 가로등 사이
탱탱하게 걸어가는 엉덩이 두 짝
터질 듯 터질 듯

남자는 숨을 불어넣으며
먼 바람을 따라가고 있다

그때

감나무 가지가 붉게 휜다

여름이 다녀가고 감의 속도를 따라잡을 수 없다
비의 발바닥이 찍힌 거뭇한 곳까지

햇살 넓은 당신이 하루 늦는다면
두근거림이 한 뼘 더 우거질 것이다

점점 궤도를 벗어나는 감을 따라
나무의 살갗이 툭툭 터진다

모서리 없는 하늘 더 먼 곳으로
달랑달랑 달리는 감
조바심의 장대가 긴 그늘을 끌고 온다

내 안의 감이 사라져 버린 것조차
아득하고 아득해서

가끔 나무의 휘파람 소리를 듣던
그때를 만지작거리는 것이다

여든

그녀의 기억이 침묵으로 기우뚱하다

앙상한 눈빛이 머리카락처럼 흘러내렸다 손을 잡으면 건조한 발음이 손금에 박혔다 자막 없이 영화를 보듯 그녀는 밤새 잠을 망각하고 바스락거리는 시간을 담요처럼 어깨에 덮었다 꽃병이 없는 거실 향기는 서서히 곰팡내로 쪼그라들었다

그녀는 지금 그녀를 지나가는 중이다

생의 마디에 주사기를 꽂고 단추 같은 알약으로 시간을 배분한다 마음의 경사 계단보다 오르기 힘든 여든 고개

기억의 문서는 없는 것 손때 묻은 경전은 이미 지워진 문장 간절함을 쓰고 또 썼던 일기장과 바람의 머플러 헝클어지고

사라진 페이지 속

양피지처럼 얇아진 그녀가 우두커니 멀어지고 있다

혼자서

꽃 빛이 붉게 물드는 아린 시간 없는 너와 함께 불판 위에 기름 살 한 덩이 던져놓으면 노랑 하양 보라 피어나는 불꽃

푸념을 젓가락으로 건져 올리며 너는 내 말에 소금을 뿌린다 어깨가 절로 들썩인다 주체할 수 없는 화 젓가락을 목구멍에 밀어 넣는다

불판은 날 선 작두 또 한 점 붉은 살을 올려놓고 불화의 누린내를 태운다 댓잎을 흔들 듯 두통을 감싸 쥐고 연기 속으로 뛰어드는 술잔

입술이 무너진다

소주잔 깊숙이 혀를 들이미는 꽃불 사랑 사그라들고

남은 열로 곁을 밝히는 저녁

목청껏 어두워질 일만 남았다

숏컷

찰랑거리는 바람이나 향기를 긴 머리에 드리우고 싶었지

스스로 자르지 않은 꽃그늘의 밤 이후

날마다 부르는 행진곡은 내 안에서 죽어 나갔다

머뭇머뭇 너의 청을 단칼에 자르고
하얗게 닦아내던 밤

모두 뼈아픈 뒷모습이다

헤어숍 머리방 지나 헤어뱅크로 간다

우산으로 잘라도 들이치는 비

웃자란 생각이 눅눅하다

눈동자에 오래 두지 못하는 버릇

순식간에 자라는 폭력 같아서

잘라야 하는 것이 나의 오늘이다

없는 사람

자리와 함께 그도 사라졌다

소리로 들끓던 자리

나뭇잎 이우는 소리 새소리 곧잘 뒤엉키던 풋 소리 농익은
소리 한 점 신명을 일으켜 크고 우렁찬 물소리로 흐르게 하는
우레와 폭우를 뚫고 맑은소리 하나 가난한 마음에 얹어주던

소리가 사람이던

난타가 소음이 층층 걸려 넘어지고 일어서고
가슴의 귀가 트일 때까지

그의 꿈은
소리를 소리이게 하는 일

모든 귀는 가슴보다 높이 있어

의자도 나무도 아닌 자리
다발성 안개가 진실의 아랫도리를 가려도
그건 안개일 뿐

높은 귀는 가슴의 소리를 듣지 못하고

소리가 사라지자
오래전에도 지금도 그는 없는 사람이 되었다

사소한 비밀

내 몸에 비밀이 흐르고 있어

새어나가지 않게
들리지 않게
비밀을 만지작거리다

페르시아의 비밀 찻잎이 대청 계곡 물소리를 헹궈 내듯
맑게 우러나서

모란 작약 수국 이야기는 백일로 이어졌다
세헤라자데 밤의 얼굴과 목소리 없이도
사랑이라고 말하기까지 천 일이 걸린다면

향기는 혀끝에서 온몸을 잠식하고
몸은 향기를 끌어안고

녹록지 않다

몇 그루 구름 가지가 없는 길을 가듯

입을 틀어막고
내가 삼킨 새소리를 너라고 부를까

속수무책으로 나를 관통하는 녹색 휘파람

꿈속도 아닌데

그에게 선물을 전달하기로 했다

사자머리와 코털 입냄새의 아침과 긴 하품
정오에 세탁기 타이머가 멎을 것이다

그 사이 메신저가 된다는 건 상큼한 경험
새 메뉴로 빵과 샐러드를 식탁에 올리듯
레몬 우체국 레몬 우체통

그는 침을 질질 흘리며 너무 새콤해서 싫어
레몬이 박살났다

새콤함의 경계는 어디까지인지
나는 나를 몰아가고
그는 그를 몰아갔다

우리는 소용돌이치는 정적 속에 자신을 구겨 넣었다

말을 잠근 채 죽은 눈빛을 흘리며

마주쳐도 서로를 보지 못했다

달방

달의 방 달빛 출렁이는 방 달을 보는 방
무엇이든 좋습니다

서늘한 골목의 저녁달을 기다리듯 누군가를 기다립니다

달에는 노숙의 냄새가 배어있어 노란 작업복을 말리며
달의 냄새를 먼 곳까지 타전하던 그때를 생각합니다

손금을 후벼 파며
끊어내지 못한 인연처럼 골목 구석구석 서성이는
겨드랑이 젖은 달을 몰래 방으로 들일 수 없을까요

간절하게 허공을 감싸안은 두 손
손가락 마디만큼 시간이 자라고

곧 몸 풀어야 하는 만삭의 달이 끌고 온
골목

달방 * 이라는 자막이
종종 걸음의 영혼을 불러들입니다

* 무보증 월세방

2부

3월이었고
기차가 멈추었다

앵화구름

　구름의 남쪽, 그 도시는 사방 십 리 골목길이었다 꽃과 나무잎, 물과 잉어, 사람과 사람, 노래와 비파 걷고 또 걸었다 운남성 총각과 김해 처녀 손을 맞잡고 밤하늘의 별을 보고 더 나아갈 수 없을 때 처녀는 구름을 데리고 떠났다 총각은 그 자리에 앵두나무 한 그루 심어놓고 봄비처럼 돌아올 그녀를 기다렸다 김해 김씨를 가슴에 새겨달고 여행객을 불러 밥을 먹였다 구름은 구름일 뿐 아득한 날 앵화가 만발하고 앵두가 터져 짓물렀다 남자는 여전히 김치를 담그고 밥을 펐다 그녀가 뭉게구름만 한 가방을 끌고 마당에 들어섰을 때 졸음 겨운 가지가 번개처럼 찢어졌다 구름의 심장이 뛰기 시작한다는 귀엣말이 새콤달콤하게 영글었다

　앵화옥김櫻花屋金, 간간 바람이 이야기 문을 두드리면
　한겨울에도 앵화가 흩날렸다

연애처럼

거기서부터 시작이다

남녀가 마주 앉아 점토를 주무르고 있다
흙 숨을 들이쉴 때마다 몸의 보풀이 가라앉는다
반쯤 접힌 커튼 사이로 입꼬리 올린 바람

살을 부비며
아직 만들어야 할 무엇이 남았을까

생의 질감을 만지며
마음의 조도를 낮춘 은밀한

끝에서 맞추는 눈
저 또한 첫사랑, 만지면 실명한다는 꽃 같아서
매일 출토되는 점자처럼 더듬었을 것이다

여자의 손놀림에 들러붙는 몸 냄새
감각 한 덩이를 굴리는 남자의 악력

아직 가지 않은 순간들을 불러내며
서로를 덜어내고 뭉쳐

컵 없이 손잡이 구두 램프 숟가락 장미
테이블에 차린 일그러진 서사

파랑

오래 서랍에 넣어둔 만년필을 꺼내
바싹 말라버린 잉크 냄새를 맡는다
산호공원 아래 이층 양옥
천창이 있는 부엌을 내팽개치고
멀리 북으로 떠난 소설가 * 의 집을 배회한 적 있다
지아비는 폐병쟁이 미남 시인
북으로 달릴 힘은 있었으나
남으로는 다시 올 수 없어
믿는 펜에 발등 찍혔다
그녀를 이끈 건 지아비이지만
지아비를 이끈 건 잉크의 힘이다
사랑보다 진한 잉크 한 방울의 눈물
대동강을 적셨다는
잉크 한 방울의 사랑
그 파랑의 속성을 이해할 수 있을까
파랑은 여전히 파랑인데
애절한 이야기가 유배 왔다
펜촉에 눌어붙은 잉크를 긁어본다

파랑이 뜨겁다

* 지하련

그리움을 낭비하다

달개비와 제비꽃 수척한 미소를 당신이라 부르면
퇴고 없는 그리움이 불어닥칩니다

키 큰 내가 키 작은 당신을 좋아서 아담한 당신이 함박웃음
으로 나를 불러서 삼십 년이 하루 같았지요 식은 피로 문장의
마침표 찍는 순간이 삼십 년 같아서

당신 문장의 거처, 서성이는 발자국 날아오르는 구름 떼
초록으로 누운 봄날까지

나는 그리움을 낭비합니다

쓸쓸함이라는 머플러를 하고 그리움을 호주머니에 구겨 넣
어도
꽃봉오리처럼 붉거지는, 흙냄새 번지는, 빛살처럼 소리 없는

없음을 되짚어가는 하늘

간절하게 또 느슨하게 할 말을 모두 놓아버립니다

비가 설핏 다녀가고
담장 아래 제비꽃이 바람을 읽어냅니다

어스름이 꽃잎에 스며들 듯
당신과 함께라면 그리움을 탕진해도 좋겠습니다

뜨거운 오후

그는 당구장으로 가고 갈 곳 없는 나는 문득 로드 60을 생각한다 몇 평인지 빈티지한 공간인지 노란 셔츠에 빨간 머플러와 장발이 어우러진 오빠하고 불러보지 못한 만년의 오빠가 있으면 좋겠다 나팔바지 사이로 흐르는 음악 깨알 같은 글씨체의 쪽지가 건너오던 그 자리에 성냥개비 탑이 무너지지 않고 있으면 불타지 않은 화약고가 아직 내 안에 남았다는 안도 백일홍 악착같은 빨강을 내 안에 들이는 일 최강의 선풍기 날개가 숨이 차서 덜덜거린다 심장의 펌프질이 빨라진다 닦아도 흐르는 땀처럼 밀어낼수록 끌어당기는 게 있다 늘 지나치는 길모퉁이 이층 커피가 반쯤 남았는데 흥얼흥얼 따라 부르는 노래 사이 어스름이 계단을 짚어간다

남은 자의 날

비린 물바람이 맨살에 들러붙었다
피부 난간 아슬아슬한 곳
무허가 집들이 늘어나든 말든
점령지가 되어버린 가슴골과 복부 위아래
빽빽하게 들어찬
깨알만 한 물집들의 사투가
진액으로 흐르든 말든
붉은 진통이 불거지고 양수 같은 토사물이
질척거리든 말든
불에 덴 듯 병명이
화끈거리든 말든
차마 은유로도 읽을 수 없든 말든
피부에 안착한 괴이한 소문이
딱지로 앉든 말든
싹쓸이는 도구나 무기가 들어갈 수 있을 때
유용한 말이든 말든

오늘도 하루치의 슬픔을 살아냈다

칠천 날 칠천도

수심 43미터 바닷속을 통과하여
칠천도 슈만과 클라라에 닿았다

실전과 어온의 물살이 하나 된 칠천량
배를 드러내놓고 누운 해안을 따라
바람의 그물이 눈부셔

클라라, 생의 반음을 내려놓고 커피를 끓인다
젖은 악상 앞치마로 닦으며

당신 없이 연주, 연주 없는 당신
피아노를 빵과 바꿨어요
내 반음은 당신이라는 악기에서 울려요

아이들은 동화를 먹고 키가 자랐지요
세찬 물굽이 뛰어오르는 꿈을 꾸며
일기라는 배 한 척씩 메고
날마다 수평선으로 나아가고 있어요

칠천 날, 슈만의 발자국 소리
눈이 짓무른 여름 풀섶
아흔 아흐레 피고 져도
또 내일을 기약하는 꽃잎 같은 서사
음표처럼 떠 있다

늙은 연애

이 골목 모던 걸이었던 그녀 손잡이 동그란 찻잔이나 목이 긴 유리컵으로 늙어갔다 분말주스에 얼음이 깔깔거리던 은하수다방, 은하수가 밤하늘로 돌아가자 다방은 그 자리에 폭삭 주저앉아 다 방이 되었다

연애다리 아래 꽃잎이 떨어지고

불량노인구락부에라도 가입할까 거리에 침 뱉기 0.1점 청년들과 어울려 다니기 2점 혼자 여행이나 가야지 몸피보다 큰 캐리어 끌고 공항의 긴 낭하를 뛰듯 걸어서 마추픽추, 세렝게티, 조지아를 돌아도 10점 사랑의 벌레 한 마리 보이지 않는데 100점이 되려면 젊은 애인을 만들어야 한다

사르트르와 보부아르를 위해 맥주 거품 넘치던 더위도 지났다 샤먼처럼 빨간 입술의 호흡과 바닷바람에 걸터앉아 떠난 길냥이를 애도하는 일은 타인의 몫, 이 불량한 심장을 발골 하듯 순식간에 훔쳐 갈 백정을 기다리는 건 순전히 포인트 때문이라 해도 좋다

감색 양복과 갈색 구두 짙은 눈썹이 아른거리지만 꿈에라
도 그리워야지 꿈에~ 그린, 하 수상한 세상은 싫어 이~ 편한
세상 정도는 돼야지 내 안에 아내 프리미엄을 뒤엎고 계약서
에 도장 찍는 날부터 1일이라고 약속에 복사까지

마음의 뚜껑을 열었다 닫았다 하는 사이 불쑥 전원을 끄는
이 누구인가

찜찜

남자가 아구찜을 먹자고 했다

옛날 초가집도 원조할매집도
노파의 몸 냄새 같은 쿰쿰한 비린 내음 배어있어
코 평수를 한껏 넓혀 앉아야 한다

가벼워지고 싶은 여자와
무거워지고 싶은 남자가
저울에 오르며
깜박이는 숫자를 감추듯

매운 콩나물과 토막 난 아귀가
따로 같이 접시 가득하다

꾸덕꾸덕 말린 바다의 살을 뜯어 먹다
아구찜이든 아귀찜이든

땀범벅 콧물 훔치며

할퀸 혓바닥으로 잘 먹었다

말하기엔

그 벌건 속내 알 수 없다

쉿! 쉬!

여자는 깨진 양변기에 흙을 쌓아
봉숭아를 불러들이더니
이내 분꽃과 맨드라미를 데려왔다
그 꽃 붉게 피면 그녀도 붉었다
오후 4시 햇살이 허접해서 한 잔
순백이 깨졌다고 또 한 잔
나비처럼 나풀나풀 지껄이다
골목 밖에서 돌아오는 발자국 모두
그녀에게 다가오는 듯
깨진 들통에서 쪽파 상추를 뽑아 들고
겸상할 남자를 기다린다
바람이 지나가고
그녀 지린 발걸음에 쑥쑥 자라는 것들 사이
꽃이 피었다
거품처럼 부글부글 피어오르는
자신의 이야기 껴입고

누가 본다구요

대문 밖 담장 곁에서

허연 엉덩짝을 까고 꽃 치마로 앞을 가린다

벽화

남자의 어깨에 벚나무 뿌리가
남쪽으로 두 걸음 더 길게 뻗었다
뿌리에 묻혀있던 꽃망울 우툴두툴한 질감
한동안 기억을 쓰다듬던 뜨거운

터치

출렁이는 바람과 한 몸이 되었다
불안한 숨을 꽃잎처럼 찍으며
휘청거리는 벽을 눈빛과 눈빛 사이에 세웠다

남자는
몇 송이 시간을 지나 꽃 그림자를 입었다

언제 부러질지 모르는 목이 긴 붓 한 자루의 생
간간 진통이 프레임 밖으로 삐져나왔다

3월이었고 기차가 멈추었다

봄날

오랜만에 딱새국을 끓여야겠다고
발이 먼저 어시장 한 바퀴 돌아와
펄떡이는 딱새를
믹서기에 휘리릭 갈았어요
알배기는 쪄 놓았지요
저 억세고 빳빳한 녀석들을
어머니는 절구에 찧었지만
체에 살을 걸러내 국을 끓입니다
살은 살끼리 잘 엉겨 붙어요
주걱으로 저어도
점성이 강해 몽글몽글한 것들이
연분홍 꽃송이처럼 동동 떠다닙니다
봄 바다 어디쯤
영혼 없이도 몸이 뜨거워지는
나라, 딱새 국 있을 것 같아
저절로 손아귀에 힘이 들어갑니다
내가 내게 물어볼 겨를도 없이
밀려드는 물길에 휩싸여갑니다

첫눈

눈을 감으면 눈이 내린다

눈부셔 바라볼 수 없는 어느 날인가

바람 소리도 기억도 하얗게 뒤덮인

창문 밖 자작나무 그림자 밤을 새우고

양 한 마리, 양 두 마리, 양 다섯 마리......

방울 소리도 없이 언덕을 내려와
다소곳이 손 모으고 있을까

새하얀 언어는 봉투의 세계에서 낡아가고

신박한 침묵이 길을 덮는다

너에게 눈이 닿고 눈이 머물던

처음처럼

못둑

못둑을 어슬렁거렸다

둘이다가 셋이었다가 때로는 혼자이기도 했다 꼼짝없이 어두워지는 게 아까웠고 슬펐고 안타까워서 말없이 걸었다 뻐꾹새 토하는 밤꽃 내음을 못물에 던지곤 했다 두꺼비가 두꺼비를 업고 가는 길 비켜서서 한참을 바라던 해거름과 몇 소절 노랫가락이 파문을 일으키던 그때처럼 부들이 흔들거렸고 재두루미 한 마리 물가에서 종종거렸고 풀냄새 찐득하니 손끝에 잡히는데

물향기공원 이름이 나붙고 그늘막과 벤치가 놓이자
못둑은 먼 고갯길이 되었다

3
부

덩치가 산만 해도
피멍이 든다는 걸

가장

짓이겨진 오디를 보고 뽕나무라는 걸 알았다

둥치가 커서 혼자서는 안을 수 없는

나무

녹음의 그늘이 훌쩍 찬란하다

아들의 벗은 발을 보고서야 알았다

덩치가 산만 해도 피멍이 든다는 걸

외숙

합천군 적중면 부수리 큰 외숙 외자 도자 씨는 가끔 외도하셨다 풍문이긴 하지만 전답을 팔아 압록강 건너까지 유람하다 누더기로 돌아오곤 했다는데 유독 헛기침 심한 외숙의 뒷모습을 본 적 있다 구기자 울타리 넘어 정미소 마당에서 머리에 허연 딩기를 털다 수건을 냅다 팽개쳤다 마음먹고 겨누면 적중, 와르르 산골짜기 부수어지고 마는 사냥의 비릿한 공기가 사랑채 가득하였다 이대 독자의 첫손인 외도 씨가 아기였을 때 그의 할머니가 사타구니의 물똥을 입으로 닦아냈다는 전설이 대청마루에 액자처럼 걸려있었다 책보를 들고 서당에 따라다니던 누이는 담장 밖에서 외도 씨보다 먼저 글을 깨쳤다 한겨울 경성으로 야반도주하다 붙잡혀 강제 혼인하여 십 리 밖 문간에서 바람처럼 울었다 해방 공간, 진 수자 진자 아버지와 전답을 모두 잃은 외도 씨 드디어 일터로 나섰다 간간 정미소 마당에서 국수 가락 자르기부터 했다 거느리던 식솔들 떠나보내고 날렵하게 다듬은 회초리로 아들에게 도정 일을 시켰다 바지런한 둘째 아들은 나락 가마니를 번쩍 드는 꼬마 장사였다 보릿고개에도 식객들이 끊이지 않았던 것은 온전히 그의 헛기침 때문이었다 회초리와 헛기침의 연대를 지나 맑은 자리에서 힘

깨나 발휘한 자식들 회초리 들 힘도 없는 외도 씨를 하느님보
다 더 떠받들었다

해수관음

내가 일상이라는 마취에서 깨어날 때
그도 마취에서 깨어났다

위를 덜어내고 비장까지 적출했으니
생이 단출해졌다
크레졸 냄새가 박하처럼 녹아든 미소

해수관음상에서 보네
두 손으로 받쳐 든 약병
맨발의 바다

해장 한 모금 하실래요
향을 꽂으니
가늠할 수 없는 미소 수액처럼 떨어지네

생의 먼 이곳까지 약봉지 들고 찾아온
그나 관음이나
속없기는 마찬가지

등에 대형 창문 네 개나 단 해수관음
님은 태평양 같은 속 언제 몽땅 털렸을까

수술실 밖, 마주 보는 눈빛 숨소리가 천둥만큼 컸던
엿가락처럼 늘어지는 시간을 붙잡았던
입속이 가뭄의 논바닥이었던
그때

누대의 책

오감으로 읽어야 한다

물 때 날씨 갯밭 냄새 새의 몸짓
페이지는 쉽게 넘어가지 않는다

눈꺼풀처럼 가볍고 얇아서 때론 두꺼워서
미묘한 감정에 밑줄을 긋는다
온몸 감각의 뿔을 세워
미세한 떨림과 소름까지 눈으로 만지며
손끝으로 읽어내는

바람

출항은 선험의 문장을 뼈에서 뽑아 바다로 날려 보내는 것
이다

할애비 애비도 박명薄明의 축문 읊듯 온몸으로 읽었던

바람의 바다

행간에서 종종 생이 추락하던

문맹

대책 없이 두껍다

시그널

이가 깨졌다, 꿈속처럼 선명해서
곁을 떠난 자리에도 수저를 놓는다

액자 속 미소는 여전히 함께인데

물젖은 손의 허방에서
곧 방치한 미각이 끓어오를 것이다

빈자리는 어제처럼 눅눅하여
3대째 포크와 나이프를 만든다는 그 가계를 생각하며
빗방울 숟가락을 후각에 얹는다

비비비 어깨 좁은 비가 들이친다
창문에 대롱거리는 참깨 같은 눈망울
닦아도 금세 흐릿해지는

당신이 진로와 참이슬을 두고 망설이는 동안
안부는 목구멍에서 부풀어 오르고

동공에 퍼붓는

저 빗소리

내가 나를 지나가는 소리

브레이크 타임

생의 파랑을 난도질한 빗살무늬 다이아몬드 무늬로 저민

전어가 돌아오고

수족관 옆 상처투성이 몸 말리고 있다

굽은 소나무였던 내가

기꺼이 칼받이가 되었을 때

아버지는 먼 바다 혼령으로 푸르게 넘실거렸다

칼날이 새긴 용 문신

빗물에라도 날아오를까

쨍쨍한 햇빛 아래 배를 드러내놓고

반짝, 칼끝 윤슬을 생각하면

펄떡이는 전어 비늘이 꽃잎처럼 날렸다

더 무*

우리는 더 무에서 마음의 허기를 달랬다

해거름에서야 동그랗게 눈 뜨는 간판 아래로
넷 또는 다섯
잔을 부딪는 하루의 덤은 더 무

더 먹어보다
무뚝뚝하고 투박하지만 정겨워서
눈빛으로 따라 하며

한 술 더 무

감나무 그늘 들여놓은 평상의 두레 밥상

어머니는 자식들 그림자만 어른거려도
밥 묻나
더 무라

어머니 가시고

창동 골목

더 무도 자취를 감추었다

* 더 먹어 경상도 사투리, 창동에 있던 식당 이름

너의 등

등 뒤에 살았다
자장가에도 없는 엄마의 등 그리움을 모른다

작은 집들이 등을 맞대고 나란한 담장 너머
장미 향기와 미소가 피어나는
초원빌라 102호는 그의 우주
작업복이 마르고 행운목이 키를 높이는 동안

늑대의 등이 앞에 있다는 건 마음 밖의 일이었다
한 글자도 흘리지 않고 집채를 꿀꺽 삼킨 늑대는
구미호보다 빨리 도심의 숲속으로 사라졌다

총구를 겨누면 나무였다가 구름이었다가

유일한 배후인 땀내 찌든 등짝

누군가의 앞이 되기 전 갈가리 찢겨버렸다

그날 밤 절망의 꼭대기에 오르는 어둠의 등을
누군가 따라가고 있었다

건강원 골목

간판에 새겨진 탕이라는 희미한 글자가 골목의 내력이다

떠들썩한 오일장이 지금껏 지켜지는 것도
한 방의 탕 때문인 듯 아닌 듯

할머니의 보따리 좌판
봄동 냉이 박고지 찹쌀 몇 됫박
햇살과 바람 사이
푸르고 흰 것들은 힘이 세다

이곳에서는 누구나 총을 품고 서성이지만 발사는 없다

물총새 꼬리에 기억을 얹어놓고 먼 곳을 떠돌던
아이들은 병약하거나 늙어

건강원 축성을 칸칸 떠받치는 건 개 염소 자라의 죽음이다
호박 사과 대추 산야에 발붙인 것들이다

탕 탕 결투가 창궐해도
총소리는 영원히 비대면

골목엔 익명으로 회자되는 약속만 떠돈다

티카를 찍듯이

병원 로비 가시 세운 선인장처럼
닿으면 안 되는 것들에 대해 미간이 점점 좁아지고

대형 화면에서는 네팔의 고산과 안개 사이로 덩치 큰 야크
들이 서성이고 있다
이름을 부르면 차례로 다가가 목동에게 젖을 내맡기는 무리

전광판에 내 이름이 뜨고 주사기로 피를 뽑는 그는 무덤덤
했다
야크 두 발을 묶고 젖을 짜는 목동도

산 아래 마을 미간에 티카를 찍은 목동의 아내
양 눈으로 가족을 권사하고 가운데 다른 눈은 고산을 향해
있어
목동의 오두막에는 순한 달빛과 별꽃이 피어났다

다음 내원 날짜에 AI같은 사람이 빨간 동그라미를 그려주
었다

몸이 먼저 알아차린 간절함

나도 모르게
검지를 들어 허공을 눌러 미간에 찍었다

공기 청정기는 설산의 바람처럼 돌아가고

꽃 피는 순대

꽃집 옆에 순댓집이 있었네
순대국밥 한 뚝배기 말고 나면 온몸 가득
후끈 입김 꽃이 피었네

흐릿한 유리 너머 색색의 꽃잎이 뒤섞이듯
양지바른 어린 채소와 묵은지가 한데 어우러졌네

날아가는 까막까치도 불러 제삿밥을 먹였다던 사진 속 할
아버지
암흑 같은 시대에 땅뙈기 몽땅 털어 넣은 뒤
장터에서의 마지막 국밥, 그 떨리던 국물의 짜디짠 숟가락

꽃집을 기웃거리는 것은 누대로 쿰쿰한 입안 때문이었네

매일 매일이 장날인 도시의 뒷골목
어느 하룬들 피 튀지 않은 날 있으랴
몸을 치댄 일터에서 땀 밴 모자를 벗으면
순댓집 옆에 꽃집이 있었네

분통

미소가 동글동글 굴러가는
그분이 거울 앞에 있다면

비춰볼 수 없는 반쪽을 가졌다는 걸 오래전 알고도
보이는 쪽이 온전한 하나라고 생각한다면

비수 문신 위에
다정의 갑옷을 걸쳤다면

무심히 정돈된 방
명랑을 탕진하고도 마주해야 한다면

모서리 다 닳은 외로움 한 통이라면

돌에서 해변의 향기가 나듯
살살 달래야 곱게 묻어난다면

더욱 터뜨리면 안 돼!

옥수수

옥수수가 익어가는 밭둑에
문자 메시지가 왔다

촘촘한 사연은 태양이 너무 뜨겁다는 투정이다

그렇고 말고 아가야
서울의 태양이 더 뜨겁지

뜨겁지 않은 태양을 택배로 보내야 한다

아버지는 비닐하우스에 태양을 가득 담았다
어머니는 땡볕의 목을 비틀었다

옥수수 알을 감싸고 있는 깃털 같은 수염이
새까맣게 말랐다

4부

꽃이려니
꽃의 일이려니

그것

본적 없으니 안다고 할 수 없지요
못 찾았으니 있다고 할 수 없지요

무수히 피었다 진 꽃말에 귀 열고
마른번개 심장을 베듯
모래언덕 폭풍우 지나
발뒤꿈치 다 닳도록 갑니다

아름다움은 생채기 나기 쉬워
가슴 깊숙한 곳에 있는데

오라고 하지 않아도
기다리는 이 없어도
가고 또 갑니다

아직 못 찾았지만 없다고 할 수 없지요

조기곰탕

신열의 스콜이 내린 후 아직 가쁜하지 않을 때
뽀얀 국물 한 사발 들이켠다

통영 배가 들어왔나보다 새벽 어판장에서 사 온 참조기라
는 걸 알아차리는 건 쉽다 다이아몬드 머리 떠올라 결과부좌
트니 황금빛 비늘이 방문으로 들이쳤다 코를 막고 숨을 빼끔
대는 한 마리 물고기처럼 바늘에 뜯긴 입술에서 튀어나온 부
레가 입속에서 부풀었다

바람이 물고기의 동선을 따라간다

봄이 무르익고, 힘껏 방문을 열었다 고뿔 끝에 자리보전한
작은할아버지 동네 마실 나온 것도 곰탕의 힘이었다 몸과 마
음을 한꺼번에 일으켜 세운 바다를 향해 마을은 날마다 그물
을 던졌다

파도와의 결투는 이어졌다 현실은 짝사랑 같아 어긋나기
일쑤 제페토와 피노키오를 기억하는 아이 몇 먼 바다로 출근

하는 어부가 되었다 저 수평선의 포식자인 포구가 버티고 있
는 한 심해로 떠난 고기들은 쉽게 돌아오지 않았다

　　기억 밖에서 끓고 있는 조기 곰탕
　　꿈속에서 어머니의 레시피를 받아 적는다

거인

그 거리에 거인이 출몰한다고 했다

목마른 자 아니라도 두 팔 벌려 환영하는 거리에는
카페가 가로수처럼 우거져 있어

물속같이 차가운 실내 팥꽃 오렌지 빙탑을 무너뜨리며
거인을 기다리고 있네

발소리 매미 소리 음악 소리에 앉아
여름 한 생을 건너가는 이웃들이여
헤실헤실 미쳐가는 배롱나무꽃

누구는 보고 누구는 보지 못하네

활짝 열린 출입문을 막아선 '노 키즈 존'

콩콩 뒤따르던 아이와 부모가 돌아선다
휘청거리는 그림자 더위 먹은 듯

휴대폰에 고개 숙인 채
거인을 기다리는 거인들이여

차례

　국화분을 뛰어넘는다 축제위원장, 지역 단체장, 후원 기업체 대표, 차례로 꽃분을 뛰어넘고 오른다 수많은 것을 뛰어넘고 온 감색 정장이 어울리는 초로, 이마가 훤한, 희끗희끗한 머리에 키가 작은, 신사들이 박수 경쟁을 한다 의원 나리들이 안면을 내고 90도로 절한다 사육한 달변을 길게 끌고 와서 축사에 구겨 넣는다 사회자는 조명을 개줄처럼 끌고 다닌다 무대 정면에 앉은 그들은 춥지 않은 척 늠름하다 경기민요 가락이 부서지고 부채춤을 소개하는 사회자가 부패춤이라 하고는 아무렇지 않은 듯 정정한다 늙은 예술인들과 시민 중창단은 무대 뒤에서 걸어 나와 무대 뒤로 사라진다 냉장고, 세탁기, 건조기, 청소기 경품에 우리는 의자와 한 몸이 된다 신사들 앉았던 자리가 빌 때마다 주머니 속 경품권을 만져본다 아직 호명되지 않은 어린 꽃분들 벌벌 떨며 도열해 있다

푸른 날

미간에 꽉 낀 황사 구름

바람이 될까 비가 될까 궁리하는 사이

꽃들은 피고 진다

가볍고 여린 꽃잎도 한세상 활짝 열어 제치는데

깊숙이 떠받든 영혼 없는 이름

신위는 단출하고 진설은 구구절절

흠향한 봉분 푸르고 푸른 날

물빛 잿밥만 쌓인다

마음의 뼈마디를 열어도

칠성판, 하늘의 별자리보다 아득하고 무거운

어둠 다 짚을 수 없네

흙이 되어버린 살의 일

비가 되지 않는 구름의 일

이미 남의 일이 되어버린

사랑 없이도 푸르고 푸른 날

떠나가는 윤달을 잡을 수 없네

청동거울 *

어느 선사의 골짜기 두고 온 마음일까요

천 년 전 잊어버린 이름 찾으러
사막의 바람을 가로지르고 있다면

당신 안에 피어난 언어의 무늬를 다 헤아려볼 일입니다

별빛 수를 놓던 하얀바다 커튼을 열고
파랑의 시간이 옵니다

말달리는 소리 빗소리 기차 소리에도
꽃이 피어납니다

나무들이 바다를 향해 가지 뻗는 사연과
함께 발음하지 못한 사랑이라는 말에 밑줄을 그어도 될까요

고요가 섬뜩한 페이지에는 새의 깃털이 꽂혀있습니다
이미 세계를 한 바퀴 돌고 온 날개 젖은 새의 냄새

오늘의 경계는 너무 멀리 있습니다

뜬눈을 약속한 며칠

푸른 녹이 망각의 지도를 그립니다

* 백해 서인숙 시인의 유고시집

그녀들

둥글고 긴 네크라인
인조 미소 한 송이 건네며
세상의 모든 아버지가 만든 길만 가야한다
눈멀게 하는 봄날의 꽃잎보다
말랑말랑한 우리로 묶어놓은 아버지
고리가 되고 또 고리가 되어 조이고 마는
우리는 우리다
아직 덜 자란 뿔 아버지 뜻대로
에너른 우리, 짐승의 숨결이 달거리에 비친다
불을 켜도 늘 어두운 밀실
홀딱 벗어젖히면
수 천 수 만개의 눈빛으로 분해된다
투신을 위한 투신하지 않기
거리에 나온 소주병
먼 곳에서부터 술렁이는 가로수
달린다, 年 年 年
네모 입술과 세모 가슴
지난 바람의 냄새를 짓뭉개며

역병처럼 달린다

어떤 부고

그녀가 찍어 보낸 죽은 매미의 영상
서까래 감인 나무 둥치 빈소를 무심히 바라보다
딱정벌레 이후 본 적 없는 작은 주검
풀벌레 곡비 소리 귀를 찢는다
떠난 종족의 애달픈 삶과
녹음의 종말이 올 것 같은 예감의 불온한 증세
가지에 둥지를 틀고 앉았다
자가 격리 7년
캄캄한 지하 생활 담보로 얻은
빛나는 날개도 잠시
막힌 비상구엔 파리한 슬픔 한 덩이 걸렸다
조문은 정중히 사양합니다
먼발치에서 애절함만 더할 뿐
나무 밖 세상에서 온 나는
마음 전할 곳이 없어
계좌번호 있어야 할 자리 눈으로 듣는다
참매미2 여치1 쓰르라미9 떼로 운다
어둑 살에 울음소리 더 높은 걸 보니

여름이 갔다는
또 한 장의 부고가 올 것 같다

수국정원

큰잎, 오크 잎, 원추형, 부드러운, 등반 수국
붉은, 푸른, 분홍과 흰 꽃나무

내 곁으로 내 안으로 끊임없이 끌어당긴다

내 안에 젖은 당신은 식물의 언어

최초의 교신인 듯 먼 우주로의 타전인 듯

여우비 잎새 오후 세 시의 화농 길 잃은 새소리
붉으락푸르락 어찌할 바 모르는

마음은 벌써 알몸

꽃의 정수리는 젖통 큰 여름의 산실

폭발하는 연극배우의 독백처럼 소나기처럼

우리는
펑펑 터지는 지상의 현실을 꽃이라 부르는 족속

손쓸 새도 없이 막을 새도 없이

바람의 허밍을 따라가며

꽃이려니

꽃의 일이려니

11월

암갈색 뾰족 잎이 뭉텅 쏟아졌다

깃털 다 뽑히고도 마당을 뛰어다니던
암탉 발자국처럼 검은 핏줄이 스쳤다

구름 멀리 맨발로 오고 있는
높고 퀭한 이야기는

영혼의 질감 같은 나무들의 행렬

앙상하다 아내를 빌려준다는 부족의 여자처럼
땡볕의 하늘을 이고도 나무는 키가 커서
허리 구부려 닦을 수 없는 목덜미 아득한

허공
계절이라는 형식을 부여하고
갈색 코듀로이 재킷처럼 딱 맞는 이름을 불러주고 싶다

메타세쿼이아

마사이족 여자의 검은 눈물처럼 높고 애틋해서

다독이다

저녁이 짓물렀다

나무에서 썩은 무화과 잇자국에 썩은 사과 베란다에서 썩
은 양파
처치할 수 없는 것들이 한꺼번에

묵처럼 흐물흐물해서

먼 데 바라볼 사이 없이 공복이 끌어안는 물컹함

한사코 앞을 물리고 곁을 다독인다
고요가 어둠을 짚어가는 골목 마당에 덩그러니 놓인 의자
몸을 빨아들이는 텅 빈 집

경계가 사라진 흐물흐물한 어둠이라서
별 아래에서는 모두가 곁이라서

대책 없이 젖는다

젖은 책을 말리듯
뻣뻣한 뒷목과 한낮에 죽은 목소리를 깨워
낮게 천천히

어둠의 등을 밀어본다

우리는 곧 헤어져야 하는 사람들

　휴면의 정적을 깨트린 번개 혹은 설렘, 발 빠른 타전에 그를 빙 둘러앉았다 시골살이 무용담에는 뱀이 제격이라는 듯, 살모사 먹구렁이 유혈목이가 대화의 담장을 넘어왔다 섬찟, 똬리 튼 어둠도 뱀 같고, 불빛 그림자도 뱀 같고, 허물벗기 위해 모인 사람들처럼 마스크를 벗고, 외투를 벗고,

　어느새 안개처럼 축축한 목소리 밀림도 잠깐

　봄의 연두를 기억하기에는 너무 먼 가로수 길 끝머리 숱한 날들 나뭇잎처럼 후루루 털고 나면 또 얼마간 동면에 들겠지 어쩌면 영원한 동면이 될지 모르지만, 대화의 꼬리를 풍선처럼 부풀리다 외투의 단추를 채우며 아직, 그러나 우리는 곧 헤어져야 하는 사람들

평범한 하루

그의 쪽으로 기우는 내밀한 자세를 버린 지 오래다
담요를 끌어다 생의 온도를 맞추고 돌아서는데
폭발이다 그가 코로 시동을 걸었던 거
주종이 혼탁한 국적 없는 냄새와 드르렁거림이
문턱에서 잠시 잦아드는가 싶더니
이갈이 한 판
술술 풀리지 않는 길의 매듭을 물어뜯었다
디오니소스의 별을 찾아 헤매는 저 캄캄함
자신을 위해 축배를 들어본 적 없는
술잔의 얼룩이 입가에 번졌다
없는 담배 연기를 연거푸 내뱉으며
풀어헤친 몸을 따라 야생의 인대가 뻗었다

단칸방의 서사 첫머리에도
짐승의 냄새와 한 뼘 나뭇잎 빛이 드는 골목과
목젖 빨갛게 부푼 맨드라미
창이 있었지

정상

산을 오릅니다
사람들이 오르니 그냥 오릅니다
언제부터인지 모릅니다
우리, 를 벗어나 혼자 오릅니다
눈만 뜨면 오릅니다
아닙니다 눈 감아도 오릅니다
미친 듯 미쳐서 오릅니다
꿈속에서도 오릅니다
뒤돌아보면 늘 그 자리입니다
산도 키가 자라나 봅니다
바람이 베이스캠프를 뛰어넘어 갑니다
그렇다고 다른 산으로 갈 수 없습니다
조난, 추락사는 남의 일이 아닙니다
이제 산의 높이에는 눈멀고 귀 닫기로 했습니다
아닙니다 마음까지 멀리 내치기로 했습니다
당신은 늘 베이스캠프를 정상 아래 치는 군요
그 산 정상에 못 미치는
나는 나의 정상입니다

해설

장소성의 시학

성윤석(시인)

시는 이쪽이 아니라 저쪽을 지시하는 장르다. 시가 저쪽을 가리키는 장르인 까닭은 시인의 존재가 이미 이쪽에 살며 저쪽을 그리는 존재이기 때문이다. 한 시인이 설정한 시 세계는 어떻게 결정될까. 시를 수백 편 습작하면, 자연스레 시인의 고유한 스타일의 시 세계가 드러난다. 시인이 본 세계(보고 있는 세계)가 전위적인 세계인지 서정을 극한까지 밀어붙이는 세계인지, 일상을 깊게 들여보는 세계든지 여러 세계가 시인 개인별로 획득될 것이다.

  김명희 시인의 이번 시집은 에두름 없이 저쪽을 가리킨다. 시인이 지시한 '저쪽'은 곧 장소성을 띠게 마련인데, 현대시의 장소성은 시인이 시를 통해 특정 장소에 대한 경험, 기억, 감정을 표현하는 것을 의미한다. 이는 시가 단순히 추상적인 감정이나 이념을 다루는 것을 넘어, 구체적인 장소와의 연결을

강조하는 특징을 가지고 있기 때문이다. 현대시에서 장소성은
다음과 같은 방식으로 나타날 수 있다:

1. **구체적인 장소의 언급**: 시인은 특정한 도시, 마을,
강가, 산 등 구체적인 장소를 직접 언급하여 그곳에 대한
경험을 전달한다. 이를 통해 독자는 시인의 경험을 공감하
고, 그 장소에 대한 상상력을 자극받게 된다.

2. **장소의 상징화**: 특정 장소가 단순히 그 자체의 의
미를 넘어 상징적인 의미를 지니는 경우가 많다. 예를 들
어, 고향이나 유년 시절의 마을은 그 자체로 중요한 의미를
지니면서도, 그곳에서 느꼈던 감정이나 기억을 통해 더 깊
은 의미를 갖게 된다.

3. **장소의 역사와 문화적 배경**: 특정 장소는 그 자체
의 역사와 문화적 배경을 통해 시인의 이야기를 더욱 풍부
하게 만들 수 있다. 이는 독자가 그 장소에 대한 이해를 높
이고, 시인의 경험을 더욱 몰입하게 만든다.

4. **자연과의 조화**: 현대시에서는 자연과의 관계가 중
요한 주제 중 하나다. 특정 자연 경관이나 계절, 날씨 등이

시인의 감정과 조화를 이루며, 그 장소의 아름다움을 강조하는 역할을 한다.

장소성은 시를 통해 독자와 시인 사이에 공감과 이해를 형성하는 데 중요한 역할을 한다. 이는 추상적인 감정이나 이념을 다루는 것보다 더 구체적이고, 현실적인 경험을 통해 더욱 강력한 감정을 전달할 수 있는 방법이다.

✸ 장소의 서정

때 이른 모란꽃이 산신각을 돌아 대웅전 뒤란에서
모란 모란 모란
　자줏빛 연두, 연두 자줏빛 골짝 모란을 벗고 대웅
전에 듭니다

　들꽃 공양이 시들한 푸새 같아 두리번거립니다 내
가 놓일 자리를
　제 자리 찾는 것이 일생의 업이었지요

　두 손으로 생각을 받들면 허공에도 손금이 생깁니

다 새의 길 같은
　　그 먼 비탈 봄볕이 깃털처럼 날립니다

　　　　　　　　　　　　- 장춘사 * 중 일부

　　　　　　　　　　장춘사 * : 경남 함안에 있는 절

　　시인은 장소에서 서정을 찾는다. 이 서정은 시인의 시 세계
를 열고 들어가는 입구로서 놓여 있다. 이 서정은 사물이 사
물을 벗고 뜻밖의 장소로 이전하는 기이한 경험을 독자들에게
주는 형태로 나타난다. '모란 모란 모란 /자줏빛 연두, 연두
자줏빛 골짝 모란을 벗고/ 대웅전에 듭니다' 모란이 모란을 벗
는 순간은 어떤 시간일까. 시인은 여기가 아닌 저기의 시간으
로 훌쩍 건너가는 데 그치지 않는다.

　　'두 손으로 생각을 받들면/ 허공에도 손금이 생깁니다/ 새
의 길 같은 그 먼 비탈 봄볕이/ 깃털처럼 날립니다'와 같이 시
인이 공중에 올린 문장이 새의 깃털로 변하는 기이한 순간을
획득하고 있다.

　　시인이 어떤 어휘를 주로 선택해 쓰느냐에 따라 시의 격은
달라진다. '시적 언어'라는 말은 여기에서 생겼다. 시적 언어

란 시인이 세상과 사물을 보는 눈과 정신 탐색 사유 그리고 통찰 등을 통해 발화된다. 김명희 시인의 시적 언어는 어디에서 나오고 있는 것인가.

　김명희 시인의 시를 읽은 시간은 필자에겐 낯선 일이 아니었다. 오래전부터 발표되는 시들을 지면으로 접했고 '좋고' '나쁘고'를 떠나 시단의 기류나 유행에 섞이지 않고 자신만의 담백한 서정의 문장을 추구해 온 시인으로 기억하고 있었다. 시인으로 살면서 많은 이들이 갖고 있는 시를 통한 어떤 세속적인 욕망이나, 세상의 눈치를 보고 쓴 시적 포즈 같은 게 전혀 찾아볼 수 없는 시인이었다. 이번 시집에서도 시인이 속해있는 이 세계와 사물에 대한 시인의 눈길은 담백함에서 시작해서 담백함으로 끝난다. 위의 시 '장춘사'를 통해서도 이 담백한 서정은 이쪽이 아니라, 저쪽의 서정을 개척하고 있다.

❀ 장소의 움직임

　　컴컴한 나의 세계로 누군가 쳐들어왔다

　　지난밤 먹었던 슬픔과 라면과 강물처럼 흘러간 맥주
　　숨기고 싶은 것들로 가득 찬

그때 나는 저쪽에 있었다

주사 한 방에 온몸을 맡긴 채
물 없는 물속에서 금붕어처럼 마우스로 숨을 쉬었다

침입자는 몸의 미궁을 샅샅이 훑어 나갔다
부패한 욕 찌꺼기 치울 사이도 없이
나의 존재는 없는 공간으로 미끄러졌다

생이 잠깐 유폐된 저쪽
신이 깜빡깜빡 수신호를 보냈을까

어지러운 정적이 지옥의 통로 같아
통증 없는 눈을 떴다

무슨 결심인지 미소인지
침입자의 표정을 해독할 수 없을 때

외진 마음이 격렬하게 기운 곳도

저쪽이었다

시에 있어, 직유나 은유를 통해 메타포Metaphor를 제시하는 방식은 현대 시인들의 오래된 시작 방식이다. 이러한 시적 방법은 과거에도 현재에도 미래에도 유용한 방식으로 남는다. 그러나 직유나 은유만이 정답일까? 김명희 시인은 현대 시인들의 화려하고 유려한 시적 언어를 따라가지 않고 세계와 대상과 사물의 동선을 따라가는 자기만의 시적 스타일을 선보인다. 시 '저쪽'의 전문을 읽어보면 '누군가 쳐들어왔다' '그때 나는 저쪽에 있었다' '훑어나갔다' '미끄러졌다' '기운 곳도 저쪽이었다' 등 타인과 내면과 마음이 모두 움직인다. 이 모든 움직임을 자세히 들여다보면, '지난밤 먹었던 슬픔'과 '물 없는 물속' 같은 정적인 이미지와 극적으로 대비되어 나타나고 있음을 알 수 있다. 이 대비는 마지막 연 '외진 마음'이라는 정적인 마음의 상태에 이어 '격렬하게 기운 곳도'와 같은 동적인 이미지를 대비하여 시인이 가고자 하는 어떤 극적인 시적 공간을 제시하고 있다. 따라서 직유나 은유 같은 수사법 없이 대상을 깊게 관찰하고 대상을 둘러싼 주변 풍경과 사물의 동적인 움직임만으로 시를 얻는 방식이야말로 시인의 전체 시집에서 도드라지는 개성이라고 할 수 있다.

하이데거에 의하면, "시적 작품이 시적 언어를 통해 밖으로 구체화된 것이라면, 시는 그러한 시적 언어를 가능하게 하는 '언어로 말해질 수 없는' 원천이다. 즉 시는 모든 시적 언어가 거기로부터 흘러나오고 거기로 합류하는 장소가 된다. 그런데 이제 우리가 여기에서 묻고자 하는 것은 시의 장소의 장소성이다. 시의 장소의 장소성이란 시의 장소를 비로소 장소이게끔 하면서도 감추어져 있는 본질을 의미한다. 그러니까 시의 장소의 장소성에 대한 물음은 시의 장소의 감추어진 본질을 해명함으로써 시의 장소에 대한 논구를 완성하는 물음이 된다."[1]

하이데거가 말한 시의 장소의 장소성에 대한 물음은 어떻게 시작해야 하는 것일까. 이 세상은 질문과 대답으로 문명을 일구어 왔고 이에 대해선 아무도 이의를 달지 않는다. 시 또한

---

1 이선일, 「시의 장소의 장소성에 대한 물음」, 『하이데거 『언어로의 도상』』, 서울대학교 철학사상연구소, 2004.

시인이 질문하고 시인이 세상으로부터 그 대답을 찾는 장르이
다. 세계의 명작들은 시, 소설 장르를 가리지 않고 어떤 장소
의 장소성, 즉 그 장소에서 일어난 사건과 이야기를 쓴 작품들
이 대부분이다. 시로 한정한다면 시인에 따라 장소성에 대한
개성적인 물음을 시작으로, 그 장소의 본질을 시라는 장르로
드러낼 것인데 여기에는 그 장소의 리얼리티를 그대로 드러내
는 방식과 뜻밖의 세계를 그 장소에서 새롭게 발견하는 방식
등이 있을 수 있다. 김명희 시인은 이 장소성에 대해 어떠한
물음과 대답을 가지고 있을까.

❀ 장소의 상징

> 달의 방 달빛 출렁이는 방 달을 보는 방
> 무엇이든 좋습니다
>
> 서늘한 골목의 저녁달을 기다리듯 누군가를 기다
> 립니다
>
> 달에는 노숙의 냄새가 배어있어 노란 작업복을 말
> 리며

> 달의 냄새를 먼 곳까지 타전하던 그때를 생각합
> 니다
>
> *– 시 '달방' 일부*

시 '달방'에서 시인은 우선 달의 이미지화를 시도한다. 달은 시인에게 와서 '달방'을 보게 하고 서늘한 저녁달로 화한다. 시인은 더 나아가 '노숙의 냄새' '노란 작업복' 등 후각적이고 시각적인 시어로 달의 물성을 발견해 낸다. 시인의 이러한 시도는 달이 공중에 떠 있고 인간의 감정이 달 쪽으로 상승하는 게 아니라, 달을 지상으로 끌어내려 가난한 이웃과 달방의 창가로 하강시키는 데 성공하고 있다. 한 편의 시다운 시는 수많은 해석과 인간의 감정을 고아하게 하는데 기여한다. 이 시를 읽으면, 달의 냄새가 날 것 같은, 뜻밖의 골목길에 접어든 것 같은 착각이 들게 한다. 이때 달방은 달을 하강시키는 장소로서의 상징을 갖는다. 시가 가야 할 길 중에서 하위문화에 있는 물적 토대를 인간의 정신으로 삶의 본질을 찾는 일 또한 중요하다. 대상을 통해 이 세계를 규정하는 문화나 관습에 의해 억눌러져 있거나 가려진 삶의 면목을 찾는 일은 시 쓰기에서 하나의 상징을 발견해 낸다. 시인은 '달방'을 통해 달이 가진 상징성을 '노란 작업복'에 대입함으로써 달과 가난한 사내의 심연을 드러내 우리 삶의 위의를 지시하고 있다.

✺ 장소의 자연성

> 못둑을 어슬렁거렸다
> 둘이다가 셋이었다가 때로는 혼자이기도 했다 꼼짝없이 어두워지는 게 아까웠고 슬펐고 안타까워서 말없이 걸었다 뻐꾹새 토하는 밤꽃 내음을 못물에 던지곤 했다 두꺼비가 두꺼비를 업고 가는 길 비켜서서 한참을 바라던 해거름과 몇 소절 노랫가락이 파문을 일으키던 그때처럼 부들이 흔들거렸고 재두루미 한 마리 물가에서 종종거렸고 풀냄새 찐득하니 손끝에 잡히는데
>
> 물향기공원 이름이 나붙고 그늘막과 벤치가 놓이자
> 못둑은 먼 고갯길이 되었다
>
> – 시 '못둑' 전문

한 편의 아름다운 서정시는 독자에게 가닿아 놀라운 감정을 창조한다. 시인은 못둑을 산책 중이다. 그 길은 '둘이다가 셋이었다가 때로는 혼자이기도 했다 '는 길이고 '꼼짝없이 어두워지는 게 아까'운 길이다. 시인은 '뻐꾹새 토하는 밤꽃 내음을 못물에 던지고' '두꺼비가 두꺼비를 업고 가는' 자연의 아름다움을 원초적으로 드러내는 데 성공한다. 불안과 결핍 뒤틀림 없이 언어의 순수성만 가지고 한 편의 뛰어난 시를 얻기란 쉽지 않은 일이다. 우리가 흔히 아는 자연의 일부인 못둑을 거닐며, ' 물향기공원 이름이 나붙고 그늘막과 벤치가 놓이자 못둑은 고갯길이 되었다' 라는 길의 정의를 시인은 새롭게 해석해 제시한다.

역설적으로 모든 시는 저항이다. 역사 인식이 깊은 상태로서 저항시를 쓰던 시대는 갔지만, 시에서 저항은 기존의 관념 상식 제도 심지어는 시의 흐름에서도 나타난다.

전통적으로 한국의 현대시는 사랑, 자연, 정서 등의 주제에서 출발하여 사회문제와 정치 이념 과학에까지 접근해 들어가는 양상을 보여왔다. 이러한 양상에서 김명희 시인은 시인의 시적 욕망을 극명하게 드러내는 형식을 굳이 취하지 않는다. 그저 환한 마당에 꽃나무 한 그루를 심는 자세로 시와 장소와 자연을 대한다. 그런 점에서 한국 현대시의 흐름에서 벗어나 있다. 이즈음의 한국 현대시가 변별력 없이 자의식 과잉으로 흐르고 있는 형상은 주지의 사실이다. 시인의 이름만 가리면 누가 썼는지 구분이 되지 않는 시들이 흔하다. 그렇다면 시인의 시적 목표는 어디에 가 있을까. 개인의 경험을 넘어 유독 장소에서 뜻밖의 시학을 발견해내는 시인은 장소의 자연성을 잘 닦인 서정의 세계로 변화시키는데 특별한 우월성이 있다. 시인의 시집을 일독한 필자의 생각에도 자연의 핍진성을 이처럼 오감을 생생하게 세우는 시는 매우 드물게 만났다는 느낌이다. 다만 시 '못둑'에서 보이는 것처럼 시인의 시 세계가 앞으로 장소의 자연성을 극한의 서정으로 더 밀고 갔으면 하는 바람이 생겼다.

서정은 시의 기본이다. 그러나 많은 시인이 서정의 극한을 도출해 내지는 못한다. 서정의 극한은 몇몇 일부 시인들만이 이뤄온 경지다. 평범한 자연에서 ⅰ) 개인적인 경험 ⅱ) 개인의 감정 이입 ⅲ) 개인의 개성적인 시적 문장 도출의 도식을 거쳐온 시는 시인에 따라 다양하게 쓰여 왔다. 이때 시의 높이와 깊이는 무엇에 의해 결정되는가.

극이다. 극은 시에서도 매우 중요한 위치를 가지는 사건이다. 평범한 자연에서 시인은 당도한 자연만이 가지는 극을 발견하고 이해하고 전혀 새로운 감성의 언어로 돌려놓을 때 그 시는 독자에게 가 닿아 감동을 일으킨다. 어렵고 난해한 시가 한국문학의 한 축을 형성하면서 한국문학의 발전을 한 발짝이라도 떼어놓는데 복무하는 시도라면 김명희 시인의 시도는 이러한 난해시와 인터넷만 검색해도 나오는 뻔한 말들로 대중을 호도하는 대중시와의 사이에서 격이 있는 서정시를 더욱 깊게 하는 시적 시도로서 그 가치를 가진다. 그렇다면 김명희 시인의 시에 나타난 극은 무엇일까.

❀ 장소의 극

한국 현대시에서는 다양한 극적 요소가 표현되고 있다. 특히, 인간의 내면 갈등이나 사회적 갈등을 중심으로 극이 전개되는 경우가 많다. 이를 통해 독자들에게 강한 인상을 남기고, 생각할 거리를 제공하려는 의도가 담겨 있다.

예를 들어, 박용래 시인의 시에서는 산업화와 도시화로 인한 인간 소외와 고독감을 극적으로 표현하고 있다. 그의 시는 독자에게 깊은 감정적 충격을 주면서도 동시에 사회 문제에 대한 성찰을 유도한다.

또한, 현대시에서는 일상적인 사건이나 사소한 일들 속에서 극적 긴장을 발견하여 표현하는 경우도 많다. 이를 통해 시인은 독자에게 일상의 소중함과 인간관계의 중요성을 다시금 생각하게 만든다.

이와 같이 한국 현대시는 극적인 요소를 통해 독자와 강한 교감을 형성하고, 더욱 깊이 있는 메시지를 전달하고자 하는데 이런 다양한 시도들은 한국 현대시를 더욱 풍부하고 흥미롭게 만드는데 기여하고 있다. 현대시에 나타난 장소는 단순한 배경이 아니라, 극적 요소로서 중요한 역할을 한다. 장소는 시의 감정과 분위기를 형성하고, 인물의 내면을 반영하며, 사건의 전개를 돕는 등 다양한 방식으로 활용된다.

예를 들어, 김소월의 시에서 '고향'은 단순한 지리적 장소가 아니라, 잃어버린 순수와 그리움의 상징으로서 중요한 극적 요소이다. '고향'이라는 장소를 통해 시인은 독자에게 향수를 불러일으키고, 동시에 개인적인 감정과 사회적 현실을 엮어내어 극적인 긴장을 형성한다.

또한, 현대시에서는 도시와 같은 복잡한 장소들이 자주 등장한다. 이런 장소들은 현대인의 소외와 단절을 극적으로 표현하는 데 사용된다. 예를 들어, 박찬일의 시에서 도시는 인간관계의 단절과 고독을 상징하는 공간으로서 그려진다. 도시의 복잡함과 무심함 속에서 인간의 고독과 갈등이 부각되어, 극적인 효과를 더하고 있다.

이처럼 장소는 현대시에서 중요한 극적 요소로 작용하며, 시의 주제와 감정을 더욱 깊이 있게 전달하는 역할을 한다. 장소를 통해 시인은 독자에게 강렬한 이미지와 감정을 전달하고, 동시에 사회적 메시지를 던지는 경우가 많다. 김명희 시인의 장소는 주로 자연에서 나타난다.

내 안에 젖은 당신은 식물의 언어

최초의 교신인 듯 먼 우주로의 타전인 듯

여우비 잎새 오후 세 시의 화농 길 잃은 새소리
붉으락푸르락 어찌할 바 모르는

마음은 벌써 알몸

꽃의 정수리는 젖통 큰 여름의 산실

폭발하는 연극배우의 독백처럼 소나기처럼

우리는
펑펑 터지는 지상의 현실을 꽃이라 부르는 족속

손쓸 새도 없이 막을 새도 없이

바람의 허밍을 따라가며

꽃이려니

꽃의 일이려니

– 시 '수국정원' 일부

　인용한 시 '수국정원'에서도 인공적인 자연으로서의 장소를
지시하고 식물의 언어로 '꽃의 일"을 찾아낸다. 이러한 섬세함
은 '폭발하는 연극배우의 독백처럼'에 이르러 조용한 정원 속
에서 벌어지는 일을 시어로 터뜨린다. 그리고 다시 고요… '꽃
의 일이려니' 라며 평온을 찾는다.
　시인의 시처럼 장소의 극은 오롯이 시인의 내면에서 일어
났다가 눕는다. 시인은 꽃의 일이려니, 라고 썼지만, 이러한
언술이야말로 시의 일이기도 하다. 따라서 시인이 장소에서
찾은 극은 '당연한 장소에서 얻는 성찰의 극 '이라고 할 수
있다.

✸ 장소의 미래

　현대시에서 장소의 역할은 앞으로도 계속 진화하고 변화할 것으로 예상된다. 첫 번째로 가상현실(VR), 증강현실(AR) 같은 디지털 공간이 발전함에 따라, 시인들은 이런 가상 장소를 활용해 극적인 요소를 더할 수 있다. 가상 공간에서의 경험과 감정들이 시 속에 반영되면서 새로운 형태의 극적 효과를 창출할 수 있다.

　두 번째로 장소가 꼭 물리적인 공간일 필요는 없다. 인간의 내면세계나 추상적인 개념들을 하나의 '장소'로 삼아 시를 전개할 수 있겠다. 예를 들어, 꿈, 기억, 감정 같은 비물질적 장소가 시 속에서 중요한 극적 요소로 등장할 수 있다는 가정이다.

　세 번째로 기후 변화나 환경 문제에 대한 관심이 높아지면서, 이러한 주제들이 장소를 통해 표현될 가능성이 크다. 파괴된 자연 환경이나 변형된 도시 경관 등이 극적인 배경으로 사용되면서, 시인들은 환경 문제에 대한 메시지를 강하게 전달할 수 있다.

　네 번째로 전 세계가 더욱 긴밀하게 연결되면서 다양한 문화와 장소가 시 속에 등장할 수 있다. 시인들은 다문화적 배경을 통해 극적인 갈등과 조화를 표현하고, 독자들에게 다양한 문화적 경험을 선사할 수 있는 것이다.

이와 같은 발전 방향을 통해 현대시는 더욱 풍부하고 다채로운 극적 요소를 담아내게 된다..

지금까지 김명희 시인의 세 번째 시집을 거칠게나마 일별해 왔다. 시인이 걸어온 길은 유별나고 화려한 길이 아니다. 소위 중앙 문단을 바라보고 책상 위에서 쓴 시도 아니다. 세상의 흐름에 있으면서도 흐름에 휩쓸리지 않고 장소에 발을 단단히 디딘 채 쓴 정직한 시선으로 주변과 이웃과 사물을 살핀다.   우리가 소위 '좋은 시' 라고 하는 것은 거의 독자들에 가닿아 감동으로 인한 어떤 상상력의 확장을 경험하게 하는 시들이다. 독자에게 오래 기억되는 이 좋은 시의 출발점은 '다른 경험을 하게 되는 시'에 있다.

일상언어에 시적 언어가 교집합 될 때, 또한 그 교집합이 신선한 이미지와 인식을 창출할 때 위에서 말한 '다른 경험을 하게 되는 시'가 된다. 이 시인의 시편들을 읽으면서 가장 주목한 방향도 발 딛고 선 장소에서 출발하는 새로운 서정이다. 과장된 표현이나 자의식 과잉에 시달리는 시가 너무도 흔한 요즈음 환한 마당에 제 뿌리내린 흙의 성질을 색으로 채택하는 수국 같은 시가 김명희 시인의 시다.

독자들로부터 많은 관심을 받기 바라면서 겸손하지만 뚜렷

하고 당당한 시인의 시 한 편을 읽어본다.

정상

산을 오릅니다
사람들이 오르니 그냥 오릅니다
언제부터인지 모릅니다
우리, 를 벗어나 혼자 오릅니다
눈만 뜨면 오릅니다
아닙니다 눈 감아도 오릅니다
미친 듯 미쳐서 오릅니다
꿈속에서도 오릅니다
뒤돌아보면 늘 그 자리입니다
산도 키가 자라나 봅니다
바람이 베이스캠프를 뛰어넘어 갑니다
그렇다고 다른 산으로 갈 수 없습니다
조난, 추락사는 남의 일이 아닙니다
이제 산의 높이에는 눈멀고 귀 닫기로 했습니다
아닙니다 마음까지 멀리 내치기로 했습니다

당신은 늘 베이스캠프를 정상 아래 치는군요

그 산 정상에 못 미치는

나는 나의 정상입니다

사유악부 시인선 07
김명희 시집

외진 마음이 격렬하게 기운 곳도 저쪽이었다

초판1쇄 발행 2024년 12월 10일

지은이 김명희

펴낸이 이지순
편집 성윤석   **디자인** 디자인무영
제작 뜻있는도서출판
　　　　경남 창원시 성산구 중앙대로 228번길 6 센트럴빌딩 3층
　　　　전화 055-282-1457
　　　　팩스 055-283-1457
　　　　이메일 ez9305@hanmail.net

펴낸곳 뜻있는도서출판(사유악부)
　　　　(사유악부는 뜻있는도서출판의 현대문학 임프린트입니다)

ISBN 979-11-989617-1-6   03810

경상남도   경남문화예술진흥원
GYEONGNAM CULTURE AND ARTS FOUNDATION

이 도서는 경남문화예술진흥원 2024 지역문화예술육성지원사업에
선정되어 제작되었습니다.